強国よ鳳凰観音となりて

今こそ地球の救世主たれ

時の宮 斉る実
TOKINOMIYA Narumi

文芸社

目次

◇　創作童話　◇

まえがき（子供と共に）

もっと読んで!!　戦争ってなに？
すぐどうして大人はドンパチするの⁇　から、「すいとんの会」が生まれ〝アッ〟と言う間の四十二年。多くの方々の震（ふる）えるような、戦争に対する思いを『宇宙平和賞』に集めて千五百部制作。広島、長崎の平和図書館に、活用保存となりました。

学校での平和教育後、感想文が届き、今一番大切な宝物に……。「この話始めて!!　すごい戦後の大変さがよく解（わか）った。長生きをして多くの子供に、話してほしい!!」の文多く、勉強も真剣にするとあり、平和教育の大切さを、しみじみと感じます。

「すいとんデー」も子供の強い要求から生まれ、終戦記念日と同日で制定。現在までの活動が認められ登録に。皆で大喜びのハグでした。

夢の又夢であった「おりづる観音」建立も出来ました。

「水、水!!　痛いよー」と苦しみながら死んだ子供達があまりに哀れで、「小さなお地蔵様がほしい!!　水やカルピス、牛乳を飲ませてあげたい」の思いから大きな夢がかないました。

子供は震える思いで、平和を願っています。原爆はこの美しく貴い地球を、宇宙を破壊(はかい)し、核を残し億害のみ。私は人間の脳から戦争を消去。平和を増加したいのです。

大人は今までのあらゆる戦争から、〝学んだ〟見苦しい愚(おろ)かな、子供達に不安と絶望を与えるだけの戦争は、「絶対禁」と世界中が誓うこと。今現在の子供達は、「この先どうなるのか」と学校の平和学習後に、次々と多数が発言。

世界中の大人や政治家は、私利私欲を捨て戦争をすぐ始める政治は〝絶対禁〟で、子供達が明るく希望が持てる政治を実行すべきだ、と吠えまくり不安を訴えます。

私も子供の気持ちが痛いほど理解出来ます。

今の世界は、非常識な強国が、自分勝手に戦力で弱国を圧し難民に……。いやでも不安になる。日本もいつどうなるか？　戦争にだけはならぬよう「平和への祈りを込め」この一文に……。

令和五年六月吉日

小ちゃなシンボルは何処(いずこ)に

今日は月二回開かれるお楽しみ会の日。

この会の中心人物は、はりきり悠(はるか)さん。昭和四十九年生まれの二十四歳。大学では社会学を専攻、その後二年間中国哲学を修学。

この悠さんは、出産後五分で変身したのである。今でも不思議で家族中呆気(あっけ)に取られ、「一体何だったのか?」とポカンとなり見つめ合った。ママは二度目の出産で、悠さんは三時間の安産でこの世に飛び出た。第一声は、びっくりするほどの大声で、

「オギャー、オギャー。ギャー、ギャー」

小さめの可愛い女の赤子が、どこで男の子に変身したのか? 四十年経ても思い出す。

「おめでとうございます。元気な男の子です」と走って来たナースは言った。この思い出は、忘れることはないでしょう。家人は、

「男だと思っとった。元気な子なら、どちらでも良かった。母子共無事で何より」

すると、すぐにパタパタと大慌てで走る音、

「済みません。女の子でした。失礼します」

と一礼して立ち去った。

小ちゃなシンボルは、消えてしまったのか？　いずこに？

「本当はどちら……？　取り替え事件では？」
二、五五〇グラムの、小さな女の赤ちゃんは、美人ナースにしっかり抱っこされて、初々しくスヤスヤおねんねで、家族の前にやってきた。
ママはB型、ベビーもB型、お姉ちゃんと同じ体重。父方祖母と同じ誕生日の一月二十三日。これなら我が家のベビーだ。ご対面。特に、両方のバーバとパパは女の子が大好き。姉のためにも女児希望なり。

「良かった。良かったヤレヤレ」でご来光が!!　赤々と清々しく美しい朝であった。

やがてこのベビーが、この本の中心人物に。いよいよお楽しみ、「読書会」が始まった。多くの子供が集まり、悠は大忙しだ。

五歳児から中学生まで、十五人の可愛い子供達。今日は少々変化をと、「戦争の本」を加えた。『はだしのゲン』『対馬丸』『原爆の絵』その他。

子供達は『はだしのゲン』に集まり、絵本と動画に分かれた。『対馬丸』は中学生、小さい子供達は大きいお兄ちゃんに『原爆の絵』の説明をして、読んで読んでと馬のりである。

9　小ちゃなシンボルは何処に

もっと読んで説明してもっともっと

今までは、自由に好きな本を出して読んでいたが、今日は少々「悲しい怖い戦争」の本を色々出し並べた。みんなびっくりしている。悠は、説明をする必要あり、と話し出した。

「昔日本は、長い間戦争をしていたのよ！　みなさんに少しだけ『戦争のこと』を知って欲しいと思って、何冊か並べました」

だから好きなように見て読んでね、説明するから。グループになり上級生が中心に、それぞれ読み始めた。『はだしのゲン』は低学年に大人気。急に小さい子が泣き出した。

「この絵の子可哀想（かわいそう）、家が火事で、太い木が体の上にのってる！　死んじゃうよー!!　早く助けてあげて！」

悠は強く！　その子を！　抱（いだ）き、顔を胸に当てた。

「動かないよう！　お父さん、お姉ちゃん、弟が！」

すでに骨になり、カンカンに集めている人。大きい組は、『広島の原爆の絵』の本を開いた。この本はすさまじい絵が多く、大変なことになりそう。

「うわ‼　この絵なに？　まっ黒の子供二人」

「電柱に顔をつけ兄と妹が、手を結んだまま死んだ、悲しい姿なの。みんなで〝かくれんぼ〟してたのね」と悠先生が説明。

「生き返って、又かくれんぼ一緒にしようぜ」と小三の男子。

「大人はすぐドンパチやピカドン始めるアホだー」

「そうだ、そうだ、アホヤローだー」

次々と見てはみんなで〝イカリ〟まくっている。

「ウワッ‼　この絵〝エロイ〟見て見て見て！」

「赤ちゃん双子だよ。可哀想」

みんなが本の周りに集まり、まじまじと見て動かない。

「赤ちゃんが、オッパイを口に入れとる。お母さん死んどるのに、両手で双児を抱いとるよ‼」

「しっかりと強く抱くと、バリバリくずれるよ？」

悠は絵の説明を急いだ。エロクないよ。しっかり見てね。

「双児の赤ちゃんに、お乳を‼　左右に双児を『ギュー』。そっ、その時『ピカーッ』。母の着ていた服の前全部が焼け落ち、双児の服は全身にピタと、はりついてしまったの」

「こんな痛ましい姿に、自分の家族がこうなったらどう思う。許すこと出来る？」

「戦争始めたやつ出てこい！　絶対に許さん！」

腸の飛び出た人、全身ヤケドの人、眼玉が飛び出た人。頭髪が逆立ち気が変になった人、食料難、「戦争」のため建物は全部破壊され、殺され、被爆、心身の病に一生怯え、「億害あって一利無し」。

痛ましい姿にみんなびっくり

あまりの恐ろしい、哀れな悲しい姿に!!

「戦争はいやだ。みんな死んじゃうし殺される。広島の原爆の絵は、見るの怖い!」

「昨日、テレビで難民の行列を見たぞ!」

ワイワイガヤガヤ大騒ぎになった。悠は予想したより、子供達の反応のスゴサに驚く。中には泣いている女の子、そっと抱いてやる。

「戦争は悲しいね。絶対に反対してね。学校でいじわるするのは、小さな戦争だから、仲良くしてね。仲間はずれもだめよ。小さな戦争だよ!!」

「もっと読んで! 怖いけど知りたい。背中がまっ赤! ベローと皮がたれ下がっている。足もたれ下がっとる! ブラブラだよ?」

「痛そう? きっと痛いよ!」

すぐ悠は説明を始める。急いで急いで!!

「よく聴いてね。強い熱風のため、口がカラカラ、『水、水、水』と川の中に入り、水を飲んでそのまま、水の中で逆立ちになり、死んでしまったの!!」

「戦争はいやだ。まっぴらだ。大人はすぐにドンパチ始める！　子供の教育にならんぞ！　何を信用したらいいんだ!!」

「大人よ、戦争だけはしない政治をしてくれよな！」

中学生はするどく、大人を見ている。

「みなさん、びっくりすることばかりで、疲れたでしょう。おやつにしましょう」

それぞれ百円だけの、おやつとジュースを飲み、好きなようにまとまり、話し合っている。麦茶はこちらで用意、自由に飲むよう伝える。

「おれ家に帰ったら、みんなに話すぞ。学校に行ったら、友達にも色々話してやる!!　戦争は何がなんでもするなー!!　いいことなしの、全パーだぞー」

「それ大事なこと、みんな今日の絵の話を、三人の友達に話してね。お願いよ。そうするとだんだんと広まるからね」

〝戦争は絶対だめ。戦地の人も、残って家を守る人も苦労の連続。ピカドンは尚恐ろしい〟を追加して、みんなの友達に話してくれるように頼み、悠は一休み。

「今日は戦争の『ばからしさ』『ピカドンの恐ろしさ』を、熱心に勉強しました。又少しずつしっかりと話しますね。ご苦労様。みんなよく頑張ったね」

悠は『はだしのゲン』を少々話して、今日の会を終了した。母子共ぐったりであった。家人と今日のことを話し合っていた時、父が「これは大切なことだ。子供のこの『もっと知りたい』を放っておけない。広島の平和会館に指導法を聞きなさい」と急に言い出した!!

びっくり母子と呑気な父さん

子供達が知りたいと要求しているのに、今のままでいいのか? 父は心配して言ったのだ。指導法を学んだ方が自信もつくし、安心だからと……。

「戦争と平和」について、特に子供に教えることは難しい。思想問題になるからだ。だんだんと深入りしたらゴチャゴチャになる。

なるほどと思い、すぐ悠は広島の平和会館に手紙を書き送った。どうか返事が来ますように!

父は子供の障害を研究する、公務員である。帰宅が遅く電話ぎらいで、母は苦労の連続。一分でいいから電話してほしいとよく言う母。

県下一安いエレベーターなしの県営住宅で五階の２ＬＤＫの部屋に十年間。四人と家具で、狭くて暑い……。父が山好きで、高くて安いこの県営住宅がお気に入り。母は一三五の階段を毎日上り下り、お宮参りである。しかし父は呑気者で呆(あき)れはてる。

「おれはここで一生暮らす。両親の葬式もここでする。何が悪い」と威張っている。

「こんな部屋で本当にする気？　恥ずかしい」と母……。

「お宮参りの毎日では大変。小さくていいから早く家を建てたら」と祖父母は悲しがる。母は子供一人をおんぶして、両手に灯油缶を持って休みながら五階に。姉は灯油缶を引きずりながら、「ぼく助けて上げる。ママ大変だから」とよく母を、喜ばせていた。時には買物袋をいくつも持ち「エンヤコラエンヤコラ」と……。

女の子なのに、「ぼく、ぼく」が常で、ガッチャマンの靴を履き、お揃(そろ)いの服とズボンを着ていた（これもガッチャマン）。

ある夜、悠は高熱を出し、なかなか下がらない。強い常備の坐薬を入れてもだめ、母は心配でどうにもならず、すぐ父に帰ってほしくて電話する。

「三十九度八分、今まで熱を出したことがないのに！　坐薬入れてもだめ！　すぐ帰って！　私の一生のお願いだから！」と泣きながら母……。

「今大事な実験中なので、すぐには帰れん」

「まあ!!　悠死んでもいいの？　父親だよ！」と母は強く言って切ったのである。呑気な父親に腹を立て〝離婚だ〟と心中思った母。

「もう知らん！　娘と実験とどっちが大事？　娘でしょう！」

「自分の子だよ！　苦労してここまで育てた子だよ！」

二時間ほど経ったであろうか。母は〝もう切れた。ブッキレ〟

頭にきて娘を抱き、無我夢中。その時、帰ってきた父。

「アッ!!　帰った。もっと早くすっとんで来てよ!!」

ケイレンを起こしている。死んじゃう！　顔色は紫？　息が止まった？

「ヒックヒック!!　熱性ケイレンだ？」

「どうしようお父さん！　早く心臓マッサージ」

父はおろおろしているだけ……。どうしたことか急に。

母はそっと三回左胸を押した。すると泡を口から「プープー」と出し、大きく一息して生き返り、
顔色もよくなった!!　でも油断は禁物！「死ぬ寸前！　恐ろしかった！　ぞっとする」と母。父は
つっ立ったまま、おどおどおどおどするばかり。

「おい悠！　死ぬな、ベロかむなよ！　口開けろ!!　イタタ指かむな！」

父は自分の指をつっこみ、ベロは無事助かった。

熱も少々下がり、その夜はみなぐったりで、ただただ恐ろしかった。不眠の夜は明けた。その後
悠は元気に大きくなった。

父は少々呑気であるが、正義感の強い人。広島の平和会館に指導を仰ぐという件は正解で、一カ月後返事があった。そこには「細く硬く長く、乾麺（かんめん）の如く続けること」とあった。これが「すいとんの会」の誕生である。

「すいとんの会」と母の切ない物語

広島からの返事は、なるほどと思うことばかり。はじめに「反戦と平和」について、勉強し頑張っていることを、大変嬉しく感謝しているとあり、褒（ほ）めて下さった。先ず大切な指導については、お金をかけず、長く続けること。あまり深入りせず、五人集まれば上出来、三人でも始める。遅れて来る人もいるから。「戦争と平和」の今はなかなか人が集まらない。大切なのに残念なことである。帰る時、必ず忘れずに、「誰でもいいから三人の人に、今日の大切なお話をしてね。仲良くすると平和になるよ、本当に。いじめはだめよ」としっかり頼むと、三倍になるからだ。あまり深入りせず、絵の説明や話をする。細かくわかりやすくすることが大切とあった。

「早速実行に移そう」と家族で考えたのが『すいとん』。食料不足の時に必ず食べたのがすいとん。残り野菜の細切りを塩味だけの汁に入れ、小麦粉を水で溶き、塩汁に入れるだけの、まずい代用食である。

戦後は常に食料不足。毎夕食はすいとんかうどん。三日続くと泣ける程いやだった。これを食べて戦争中の食料難を体験しようと「すいとんの会」の発足である。小麦粉一袋と、残り野菜を細かく切って、ガス代入れても、大鍋三十食が二百円で出来る。だが子供達は、

「美味しい、食べたことない、もっと食べたい。ダンゴ沢山(たくさん)ほしい」

「もっと沢山中味を入れて！　お代わりほしい」

飽食の時代には食べたことがなく珍しいので人気であるが、三日以上は続かないと思う。昔はこれしかなく早く戦争が終わってほしいと思った。

「毎日はいやだ。病気になるかもしれない」

「おれもいやだ。肉がないと死ぬ気がする」

「おやつなら許すけど、栄養不足になる。きっとなる！」

「すいとんの会の時は『ＯＫ』。食料不足の体験なんだから」

充分にすいとんも食べ終え、会が始まった。

母は〝戦後の苦労〟〝平和の大切さ〟の語り部だ。一九四一年生まれ、五歳の時テストパイロットも兼任の父親は戦死。十二年間参戦、三回パラシュートによる脱出で助かるも、三人の子を残して……。実に残念で、どんな気持ちで死んでいったのか？

母は子供の時、羽田空港の官舎から信州に引き上げ、すぐ弟の世話、掃除、食事の用意や雑用に

追われ、遊んだことがなかった。

朝は早くから起き、学校に行くまで色々手伝い、ヤンチャな弟の手を引き、四十分歩き学校に。お弁当は、大根、麦、アワ入りご飯、梅干、漬物、オキアミのふりかけがあれば上等。イナゴ、タニシが肉代わり。卵や鳥肉は正月と盆だけ。菓子などなかった。芋、あめ玉がある時は年に五回ぐらいで心おどった。

冬になると小さな手は、ヒビ割れで血が常に出ていた。学校の宿題は休み時間に終わらせ、走って帰り畑の草取りをし、夕食の用意。勉強だけが一番の楽しみで、嬉しい時であり救われた。

一歳下の弟は勉強嫌いで、教えるのに苦労した。ヤンチャで本気で石を投げる。母は何度泣いたことか。三歳下の弟も母が世話をし育てたと、祖母はよく悠に話してくれた。その弟は、今元気で頑張っている。

新春「すいとんの会」と創作絵本

今日は新春「すいとんの会」の日である。山茶花(さざんか)が雪の中で清々しく咲き、南天が風にゆれている。寒い中だけど十人も集まった。新春なので初めに、花合わせ、トランプ等、正月遊びを少々。

子供達は勝ったと負けたと、大はしゃぎ。

すいとんは今、母が用意中。悠は箏で「春の海」を弾くことにした。教師免許を取ったばかり。最後まで必死でどうにか終わった。〝ヤレヤレ。ヒヤヒヤ!!〟

「悠先生、スゴイジャン『春の海』名曲だから大変だね？」と……。

中学生の裕子さんが一言。母が教えている頑張り屋、早い新曲を見事に弾く優等生。

いよいよ「広島原爆の絵」の学習が始まる。小さい組はグループになり、小声で話す。

「怖いけど見たいんだよね。みんなで見て勉強だ！」

「この子はお母さんの背中で、おんぶのまま死んでる。可哀想！　首がぶらぶら。手も足もぶらぶらぶらとゆれている!!」

赤子の全身がグレン！　グレーン、グレーン！　お母さんは赤ちゃんが死んだことを知らない。

「アッ！　用水の中に五人も？　首つっこんで死んでるよ。〝水？　水水〟と飲んでそのまま天国に行っちゃったんだね。苦しかったよね？」

「犬がまっ黒だ。アッ！　子供がゴロゴロ黒こげ。女の子抱き合って服ビロビロ!!　ゲタはいてるけど片方だけだよ!!」

はだしのゲンは、お母さんを助けてお産の用意だ。大鍋を探しお湯の用意、ボロ切れも集めた。風の入る小屋の修理も、ようやく終わった時お産が始まり、お母さんの言うように手助けをした。

ゲンはおろおろするばかりで大変だった。

「赤ちゃんは元気で心配ない。死んだ姉ちゃん代わりの妹だよ！　母さん」

ゲンも母も大喜び。だが母乳不足で赤子は一ヵ月後天国に。「戦争と原爆が無かったら」この地球はどんなに豊かで幸いであろうか。

みんなで「戦争、原爆、大反対」を大声で叫んだ!!　その後すいとんを食べ、三人に話す約束をして終了した。

悠は小さい組に入って、創作絵本教室で千字の三分間絵本童話と、布絵本を母と創る。沢山の残り布をフル活用。二組創作した。

「平和がいいね……のゴンちゃん一家の物語は、大人気の布絵本、すいとんの会で大活躍」

「虹が出て、その虹に乗って光に舞い上がるんだよ。スゴイ、スゴイよ!!」

「平和でないと、お茶会も出来ないね？」

悠は自分でも素晴らしい！　可愛いと心から思っている。二人はびっくりする絵本を次々と創作。

カレンダー利用の「ムーミンの平和絵本」、日本の風景の四季利用の「風景四季平和絵本」、和食と日本の庭園を切り「和食の平和絵本」、花園と夜景の「花園夜景の平和絵本」。どれもきれいで美しく、ただただうっとり。あきもせず見つめている！　美味そう！　食べたい！　見事なお花と紅葉だ！　夜景も雪と重なり実にきれいで見つめ続けてしまう。

これは「旅の観光案内用ちらし」利用の絵本である。

対馬丸と一泊「すいとんの会」

毎月お楽しみ「すいとんの会」は大人気で休むことなく続き、「子供平和サミット」を開き「どうしたら平和になるか」話し合った。次々と良い意見が飛び出し、びっくりしたり大笑いしたり……。その時中学生の歩(あゆむ)君が発言、

「一泊のすいとんの会を開いて欲しい!! 夏休み中だから、六年生以上が集まり、少し難しい問題を、みんなで話し合い学習したい!!」

「悠先生宅に夕食後八時集合、真正面から静かに向き合って平和に学習をしよう。夜食に美味しい塩味のすいとんを食べる?」

「みなさんが希望するなら、協力しましょう。自宅を開放して一泊、朝のラジオ体操参加が必須で約束だよ!!」

八月六日「対馬丸」について学ぶことに決定。楽しい有意義な会にする。五年生以下は八月九日の長崎での会に参加する。この夜八人が水筒持参、首にタオル、ニコニコ顔でソワソワと集合。夜は初めてなのかな?

「みなさん、『対馬丸』について知っていることを、どんなことでもいいから、発表して下さい」

と悠さん。

「沖縄を守らなくてはならぬ学生達が、多数乗っている船を護衛すべき軍の船は、アメリカ軍の船と戦わず、『サッサ』と逃げた。そのため対馬丸は爆発、生徒は海で死亡！　卑怯な日本軍め、許さん」と中一生。

「わずかに生き残った生徒が、筏にしがみつき、必死ではい上がろうとする子を、つき落としたり足で蹴ったり、ひどいことをして死亡させた」と、小六生。

「日本の軍人は情けない。鬼だ。子供より劣る。小六の生き残った男の子につきまとい、『本当のことを誰にも言うな、言ったら殺す』と脅し、『夜、親にも話すな。先生にも、絶対だぞ』と、おどし続けた」

「よく話してくれたね。本当のことです。まだ沢山ありますが、大人でありながら人間ではない。つきまとわれた子は、どんなに恐ろしかったことか。毎日毎日、親にも誰にも言えず、どんなに苦しかったことか」

「おれだったら、大泣きと大暴れを一日中するか、やつを刺す!!」

次々と軍に対する〝イカリ〟は限りない。子供達は「大人の教育が必要」と吠えまくっている。

卑怯な人間だけにはなりたくない。

「今夜の会は素晴らしかった。戦争はいやだ！　情けないことが起こる。汚い人間だけにはならないと、決心することが大切。何より大切です」

汚い人間が上に立つと戦争になってしまう。〝実に残念〟なり。

「では、すいとん食べて終わりにします。ご苦労様でした」

〝実に有意義な会〟なり。悠先生は心から喜んだ。

心の『宇宙平和賞』の出来るまで

「戦争って何？　どうして戦争になるの？」

「大人はすぐドンパチやるから、悪(わる)だね。子供に悪いことするな、と言っておいて!!」

「戦争するとどうして、食べる物なくなるの？」

子供は戦争について何も知らない。「教えて」「もっと読んで」から始まる「すいとんの会」。みんなで「平和の大切さ」を学び、「原爆の恐ろしさ」を学ぶ大切な会であり、努力し頑張る大切さを学ぶのが「すいとんの会」である。大人も学んで欲しい。

「アッ」と言う間に十年が去り、五年前から書き集めておいた「平和の作文」が百人分となり時々読んでは、これはいい文集になる、出す価値あり、カットも文章に合い上出来だ。作文も涙するほど悲しい。惨い、震える思いの作品である。

「みんな素晴らしい作文、ありがとう。立派な本になるよ。題名を何にしようか？」「皆さん何か良い題名考えて!!」

それぞれが頭をクルクルクルクルクル。さんざん考えた。

「日本平和大賞。平和が一番、地球が壊れると大変だから。宇宙平和賞どうかな？　宇宙が変になったら困るから〝宇宙平和賞〟に決定」

中三の勇ましい女の子が、今のままだと宇宙がだめになるから、「宇宙平和」が大切と思うと言う。だからこれで決定となった。

なるべく安く仕上げるため、悠一家四人が協力し、『宇宙平和賞』の制作に。夕食後から出来る限り校正に精を出す。一人二十五名の校正。疲れた体にむち打って、眠気との戦いである。お花を沢山散らすのは、あまりに哀れなカットだから。沢山沢山散らした。

七日間で校正を終え、製本は五百部知人に依頼。表紙の絵は子供のカットから、四作品選出。色は若草色、Ａ４の紙で二百二十枚。

出来上がるのを楽しみに待った。待つこと二ヵ月、早速家族で開いた。ワクワクしながら。苦労して、待ちに待った『宇宙平和賞』。開いて見ると、立派に出来上がっていた。

若草色の仕上がりも最高。

「ワオ！　上々じゃない。みんな喜ぶわ!!」

「カットもバッチリ、お花で飾って涙が出る。天国の子供達もうれしいよ？」

心のこもった、震える思いの貴い作文集が出来上がった。どこに出しても恥ずかしくない。「ノーベル平和賞」より上かも？

チャイルドホームの子供達、すいとんの会の子供達や、町内のご老人の方々にも、お礼に手渡し共に喜び合った。この会を常に取材協力して下さる、新聞社の紙面を、今回も大きく飾ることが出来、『宇宙平和賞』が輝いた。

花の授賞式と名古屋の戦争

この『宇宙平和賞』は多くの方々から求められた。読書会では大人気で皆泣いたとのこと。新聞に出たことから〝アッ〟という間に絶版になった。

子供の戦争に対する、震える思いの立派な作文集の「授賞式」をしよう。図書券と写真がプレゼント。ノーベル平和賞のように、次々と前に出て、自分の作文を大声で読む。中学生から幼児さんまで……。五回に分けて楽しんだ。

「さやちゃん頑張れ。五歳のチビちゃん大好きだよ!!」

しっかり作文を書いた、可愛い人気者！　のお利口（りこう）さん!!

「どうして、大人の人はドンパチするの？　死んじゃうし、あそべない。ピカドンもだめだよ！

それから犬や、鳥も死ぬからいや！」

「上手にしっかり読めました。エライよ!!　エライ!!」

今日は十五人受賞。ビデオテープに収めた。悠は父方祖母に、名古屋の恐ろしかった戦争のお話を、分かり易く話してもらうことにした。

祖母は今八十歳、小柄で気丈なしっかり者。岡崎から名古屋に嫁いで、長男を出産。二年後、食料難で子供一人をおんぶして、ゲタばきで岡崎の実家に買い出し、常に腹ペコの栄養不足。ふらつきながら、電車に一時間で岡崎、三十分歩きようやく実家に。すぐ生卵を一個飲み、食料を持てるだけ持って、バス、電車、バスで、ようやく名古屋の家に。車中も混み背の子はぐったり、自分も家の部屋でバッタリ倒れた。夜、家の小屋に焼夷弾（しょういだん）が落下。爆発せず土中に。祖母はそれを毛布に丸めて包み、田んぼに投げた。目が少々悪い自営業の祖父を助け、大活躍だ。

「よくぞやった、お祖母ちゃん！　日本一」

「お祖母ちゃん、怖くなかった？　すごい！」

「恐ろしいよ！　怖いよ！　だけど子供を守らねばの方が強いので必死だよ。その昔、お祖母ちゃんは職業婦人に憧（あこ）がれて、ナースだったの」

祖母が実家から家に帰った二日後の夜八時頃、外が急に明るく光るので、外に出るとパラパラヒラヒラ光り、クルクル廻りながら落ちてくる物があった。

あまりに美しく、見たことがなく、ピカピカ光る。みな呆気に取られ見ていたら、今度は中庭に落ちた。焼夷弾であった。祖母は勇ましく、毛布に包んで共に放り投げ助かった。次の日近くの防空壕の中は満員の人だった。Ｂ29がだんだん近づき、防空壕を目指し爆弾を投下。全員焼け死んでしまった。退院したばかりの友も、その中にいたことを後で知った。安らかに……と心の中で祈り泣いた。

広島の慰霊祭に参加、懐かしい再会

子供の平和教育である「すいとんの会」も、アッと言う間に十五年が過ぎ、『宇宙平和賞』も、広島と長崎の平和図書館で活用保存。ありがたく名誉なことである。悠の母は早期に名勤（めいきん）（名古屋勤労者）生協に入り、「戦争と平和」の活動をしていた。公害のない食品の研究と平和行動が大切で、役員を十五年。広島・長崎の慰霊祭に参加。平和行動と原水禁世界大会の三部に必ず参加で、大変に役に立ち、勉強になったと常に感謝している。

悠と母は広島の平和行動に十名で参加。初日は戦争の遺跡見学。片足鳥居、飛ばされた墓石、原爆ドーム、折鶴の少女像、他多数見学で終了。

二日目は「体験者のつどい」で、当日の恐ろしい有り様の話を三名の方から聞く。惨い悲しい話で、戦争が起こらなければ、ピカドンも落ちなかったのだ。その後資料館の見学、哀れな惨い衣服の有り様、悲しい人形の姿!! ピカで三輪車に乗ったまま、天国に行った三歳の勉君。大切な三輪車が、真綿の上に飾られていた。

家族は後世に残すため、そっと掘り起こした。子供と共に五十年土の中に、まっ赤にさびたボロボロの三輪車。今にも折れんばかり。勉君の骨は無かった。毛布にくるみ、庭のお花畑に小山を作り、毎日、勉君の好きな物を供えた。

あまりに泣ける話で、創作童話にした。最後に平和図書館の『宇宙平和賞』に会いに行った。五年前に送り届けた本とカセット。

「よくぞ十年、『すいとんの会』を開き頑張って下さった。『宇宙平和賞』は活用保存になっています。会いに来て下さり、嬉しいです」

受付の若い女性が、案内して下さった。

「こちらです。私共もすぐに見つからないのですよ。沢山の本ですから」

「あった！　あった！　ありました。懐かしいカセットまで」

八人の同行者も、共に見てびっくり！

「カットも子供が書いたの?」

「花は私がいっぱい散らしたのよ。あまりに哀れで惨い姿なので」

「よくやったね。平和活動しながら、作文集の制作まで。一度、すいとんの会に参加したい」と同行の友人達は口々に……。地区の学習会をその会に参加と決定。

「どうぞ参加して!! 楽しみにお待ちしていますよ」

最後に、「大変とは思いますが、今後も引き続き『細く長く、乾麺の如く』お金をかけず深入りせず、落ち込まず」とお言葉あり。最終日は、慰霊祭と世界大会に出席で終わる。有意義な一日であった。恒久平和を世界の友と叫んだ。「この地球に恒久平和を!!」ともう一度。

おりづる観音になるまで

「すいとんの会」十五周年が終わる頃……。
すいとんの会の子供達は心の底から原爆で死んだ子供が、あまりに哀れでたまらず、自分達で彫(ほ)ると声が出た。彫るとはどうすること?
「小さな石に、お地蔵様を彫って、水を思いっきりどっぷりと飲ませてやりたい」

「石を買って来てほしい。トンカチで彫るから！」とはりきっている。

悠と母は考えた。高台に置いて犬山城と花火と桜、ライン川を一年中見せてやりたいと。何と大きな夢！　叶えたい！　何としても！

急に多忙となり、行動が始まった。次々と。ありがたいことに、犬山城主の菩提寺であり、我が家の檀家になっているご住職の協力を得ることが出来た。このご住職は、日本の若き僧のボランティアの会長でもあり、海外協力も行う。多忙なのによく頑張るご住職である。

「よくぞここまで頑張ってきた。土地や観音様に関しては出来るだけ協力はする」

「助かります。何卒宜しくお願い申し上げます」

『宇宙平和賞』を見ながら、感心し「建立（こんりゅう）しよう」と力強く一言。少々時間はかかるが、頑張ろう。

一応の目処が立ち、心から完成を祈った。

三日後早くもご住職より電話あり。

「建立場所と仏師が決定した。説明したいから、来院されたし、待っているので」と。

石は岡崎の最上級、仏師は障害を持ちながらも必死で、仏顔を見事に彫られる中国の方に決定。

建立地は臨渓院（犬山城主菩提寺）の正面右横、蓬莱積（ほうらいづみ）石垣（崩れない石垣）の上段広場で、背に老松や杉椿の木立、眼下に犬山城やライン川を、最高の場所である。

「ありがたく涙が出ます。末長く宜しくお願い申し上げます」

「夢の又夢であった観音様の建立本当なの？」

おりづる観音
世界平和
平和
祈り

建立する仏像は、我が身を三十三に分け、苦しんでいる人を救う「観音様」に決定。おりづるを頭上か？　どこかにの予定で話がまとまり嬉しい限りなり。

常に今現代も働き続ける、観音様。台座は蓮華(れんげ)の花でなく、世界中の子供の幸を願う、「広島の折鶴の像」よりおりづるの台座に。羽根の両方で四メートル、全身は七メートル、地下二階、六畳間の四面には、写経が五百人分。ビニール袋に入れ、又発砲スチロールの白い大箱に入れ、安置する予定だ。

写経には「世界平和」と「全世界の子供の安全」をお願いする。こんなに立派な観音様に恵まれ、この上なき喜びである。平和を願っている子供達の〝びっくり〟する姿が目前に……。常に願い頑張っていれば〝花開き〟守られる。ありがたきかな。

「すいとんの会」の子供達が長い間、願ってきた夢が花開くのです。どんなに嬉しいことでしょうか？〝念ずれば花開く〟のです。天国に散った多くの友も、どんなに喜んでいることでしょうか？

おりづる観音建立落慶法要

四月に入り桜が満開になり、ちらほら散り始めた。今日は岡崎に「観音様」を見に行く日だ。ご住職の車で出発。十一時、「岡崎城石祭フェア」会場に着いた。

多種多様な作品が、山ほど出展されている中に、「おりづる観音様」は世界平和を訴えるお姿で、「ここですよ」と微笑(ほほえ)んでいた。おりづるの台座の上に、五メートルの雄姿で。大きいお顔と、ポッコリお腹でにっこりと。母のお腹に似せたようだ。

「おりづる観音様、はじめまして。平和を願う子供や、大勢の方々がお待ちしております」

「今後末永く宜しくお願い致します」

「こんにちは。ようこそ。今後共宜しく‼　世界平和を願う皆様」

次の日には、犬山に運ばれいよいよ立ち上げ。大型クレーンで「おりづる観音様」は宙を舞い上がり、大勢の見守る前で、蓬莱積石垣の定地に納まった。

「夢の又夢」であった、子供達の希望が叶った。大変な工事の方々、仏師様、ご住職その他、悠と母が用意した、すいとん汁、おにぎり、おでん肉少々「戦後の平和食」を味わっていただき、「おりづる観音様」に手を合わせた。

すいとんの味は格別で、次々お代わりの大人気で、母は「おりづる観音様」の分を食べた。待ちに待った「おりづる観音様」が建立され、すいとんの会では、「記念の会」を開こうとなった。犬山城とライン川の、桜と花火を見てほしい。水も沢山飲んでほしいの思いは叶い、子供達は一安心……。

「小さなお地蔵様が、大観音に変身した。良かったね‼」

「うれしいね！　すごい、叶った！　びっくり!!」

大喜びの子供達は、『さくらさくら』『春の小川』『ふるさと』を大合唱。踊り、手品、箏曲、木琴等を持参し、ジャンジャン思いっきり演じた。

次々と楽しみ、最後にすいとんを仲良く、分け合った。おりづる観音様には、お花と線香を供え、世界中の子供の平安を祈った。

「おれ、ゲーム買う予定の金、寄附する。妹と二人分なり」

「おれ様は、ばーちゃんからもらった金出す」

「ばーちゃんの分もあずかったよ」

「ちいは、ブー貯金箱のお金、全部持ってきた」

帰る時全員がそれぞれに、協力して下さり、大助かりなり。ありがとう!!

檀家の方々からも、多額の志をいただき、悠姉妹も有り金を叩(はた)き協力、五月五日にはご住職による大落慶法要があり、母は「すいとんの会」の代表として子供達の平和への歴史を読み上げた。長崎で被曝した杉戸様も大金の寄附を!!　我が父母は施主として観音様代をそっと寄附。

頑張るホームの子供と「すいとんの会」

悠の母は、色々の事情で、チャイルドホームに入っている子供の、学習ボランティアをしている。知れば知るほど、気の毒な理由だ。出来るだけ色々と教えて上げたくなると常に母は言っている。ホームに入っている子供達は、充分勉強出来なかったから。

その子供達が毎週土曜日の午後二時より、三時間学習、そのあと二十五人が「すいとんの会」に参加、悠は母の助手で、すいとんの用意だ。

「日本は昔、大国を相手に長いこと、次々と戦争をしていたの。財力も戦力もないのに恐ろしい戦いを。どんなに多くの人が死んだことか」

「それに通告せずハワイの国を、攻めたのでピカドンを落とされた。広島や長崎の人々は全身の大ヤケドや、黒こげの人、水、水と叫んで生き地獄になったの」

「今日は『ピカドンの絵』『はだしのゲン』の話をして勉強しますよ。よく聞いてね。本当にあった見るも悲しい恐ろしい大切な話だから」

戦争の話、原爆の話。はだしのゲンが、どん底から頑張って生きていた、どんな苦労にも負けず、落ちこまず、人を助け明るく生きた話を!!

「おれらよりも、もっと気の毒な子がいることが分かった。原爆で死んでいった子が、可哀想で泣けてくる!!　いやがらずに学校に行く」と小学生の多くの子供達。

「今までは、自分が一番不幸と思っとったけど、はだしのゲンの方が、もっと不幸だ。勉強もお掃除も、まじめに頑張る」と小六の女子。

「私は四人の弟や妹の世話をして三年、父も母も帰って来ない。腹立つけど『水水水』と死んでいった子は、私よりもっと哀れ」

と、中三の女の子。すいとんを食べ、四人の面倒を見るのは大変だけど、いらつかず頑張る。素直になることが出来たのか。両親への怒(いか)りもあるけれど、少々心が安らいだようだ。一日も早く両親が帰るよう願うばかりである。

初めは学校の勉強もいやなのに、どうして又勉強するのかと、足をドタバタしていた子供も、出来るところまで難度を下げ、何度かくり返すやり方で出来るようになり、素直に努力する子に全員が変身。嬉しい限りなり!!

中学生は学力が上がり、高校に行きたい!　どうしても。高卒でないといじめられる。国の行政を動かし、公立高校のみ入学の許可が出た。だめだと諦(あきら)めていた矢先のことで、ホームでは「大喜び」、初年は十五人入学した!!

この奉仕により愛知県知事表彰を母は受ける。心よりありがたく、ただただ子供の幸を祈り続けた。明るい家庭が持てますように!!

「すいとんの会」の平和学習が有名になり、『宇宙平和賞』が新聞に出た。それを知り我が子が、お世話になっている小学校より、六年生の「平和学習」に協力の依頼があり、協力することになった。校長先生が立派な方で、毎年続けた。十年目の学習会の折は、愛知県教育委員会の見学が入り、有意義な三時間を送り、〝平和学習〟の大切さを生徒さんとしっかり話し合い充実した会であった。

小・中学校での平和学習に協力

平和学習を約二時間、市役所の教育企画科の依頼で実行。これが三十年続き今に至っている。「戦後の子供の苦労と実状」についての話。父兄が戦地に行ったので、食べる物が徐々に減少し食料難で、子供も一人前に働く。落ち穂や芋拾いをした。イナゴ、タニシ、野鳥、野草、木の実等、何でも食べた。学校には米は半分の代用飯。日の丸弁当、大根、梅干の副食、肉は正月と盆くらいで、チキンやウサギ肉だ。卵は運動会や遠足時のみ、オキアミはあったが少ないので大切だった。

夕食は塩味のすいとんか、雑炊で常に空腹。悲しかった。

41　小・中学校での平和学習に協力

「学校から走って帰り手伝い、朝も一仕事するのが当たり前だ」

「軍は大切な犬の供出までさせた。犬を軍人の肉に使ったらしい。限りなく腹立たしい。おれらは！

いつも空腹ですいとんだったのだ」

六年生の男子、戦中の社会をしっかり学び怒っている。

「じいちゃんの子供の時に、犬を出せと言ったけど、床下に水と餌を置いて
内密にしてそっと飼っていた。だが軍が来た。犬の鳴き声がすると……。


「見つけたぞー！　すぐ出せ！　特高に言うぞー」

「おどされ！　怒鳴られ！　強引につれて行った。チクショウー！」

「犬返せー！　許さん……。犬の身になってみろー！」

中三男子生が悔しさをこらえながら発表した。

「田植えや稲刈りは、学校が二週間休みとなり、子供は大切な助手。父兄（ちちあに）の代役、子もよく働いた。

一人前に。そうでないと、終わらなかった」

「都会では、親の買い出しについて行く。米、豆を全身に付け、見つからないよう運んだ」と中学
の女の子が言った。見つかり取られた時は大泣きした。その米どこに持っていったのか？

山に行き、枯れ木枯れ葉を集め焚き木代わりに、雪が降り、寒くても充分な靴や衣服もない。手

足は冷たくいつもすり合わせていた!! 切れるように痛いのだ!!

「こんな話初めて聞いた。戦争になると恐ろしいことばかり。 食べる物はなく人は死ぬ。着る服はお古かつぎはぎだらけ」

「大人はすぐ戦争をするから、こうなるんだ。子供が苦労する!!」

「ドンパチ反対! 絶対反対! ピカも反対だ」多くの子が口々に……。

昼食に米糠(こめぬか)を入れたすいとんが用意され、全員で試食。油くさいがビタミンが多く、昔はこれで病気を治した。文句など言えない。結核や貧血、その他の治療に。みなさん「戦争」は恐ろしい。学校のいじめも小さな戦争です。

「いじめやシカト絶対しないと約束して下さい。お願いね、たのんだよ!!」と会を終える。

大切な平和朝礼会と創作童話

この中学校は、愛知県下、一、二位の学力で、有名な中学校であったが、宿題が多すぎると保護者からの文句が多く、中には校長室に日参する親のお陰で、学校が負け宿題が半分になった。喜んだ親、不安に思った親、入り乱れ半年が過ぎた。その結果大変なことに。今まで見られなかった姿に変化〝アッ〟と言う間であった。

成績は下がり、タバコを吸う男子、窓ガラスは割られ、悪がはびこり、実に残念なことに。なかなか元にはもどれず、宿題は少々となり自由となった。

悪質ないじめ、登校不能、お金の強要等。そんな時、朝礼時の平和講演への依頼が。いつもは八時半から校長先生の話二十分間なのに、後ろの生徒は歌を歌いバラバラと外に出る。女子も後ろの方はゴソゴソ話し、半数が真面目なだけ。

実に情けなく、先生方もお手上げ状態。そこですぐ、広島の被爆から生き残った十五歳中三少女の、悲しい実話を母が創作した童話『夾竹桃の花』を読み聞かせた。三分で終わる実に実に悲惨な叫びの物語である。

原爆で次々姉父弟兄が亡くなり、残った母が妹を頼むと天国に。弱っていた妹も夕方焼け残りの桃色の夾竹桃を胸に母の元に旅立った。一人残った少女は泣き叫んだ。

「私は悪いことはしていない。頑張ってきた。どうしてこんなことになるの。私はどうなるの⁉」

家族六人が亡くなり、ただ一人になってしまった。

「どうしたらいいの‼　戦争きらい、大きらい‼　家族を返して‼」

この童話が流れた後、シーンと水を打ったように。女子の何人かが泣いている。みな頭を下げ一人も動かなかった。原爆ドームの夾竹桃の焼け残り花は三本だけだった。

次は『たんぽぽの花』。長崎で被爆、生き地獄の中を強く明るく生きる作江さんの実話を創作。

二歳の妹をおんぶし、六歳の妹の手を引いて、十歳の民子は防空壕に飛び込んだ。父母は家の中で焼死、二歳の妹は背中で生きぬいた。六歳の妹は傷口から毒が入り、いやな匂いを放ち学校でいじめられ、鉄道自殺。医学生の兄はカンパンと味噌を持参、おいしく食べたのにその二日後に「コロリ」と天国に。（体の奥深く）被爆するとコロリと死亡するらしい。ピカに負けるものか。作江さんは知人に助けられて、二歳の妹と「たんぽぽの花」のように、たくましく生きる実話である。

苦しい毎日であったが、多くの方々に助けられ、妹も中学生になった。泣いている間もなく、必死で今まで、強く明るく生きてきた。作江さんは、兄の友人と結婚しようやく幸せに。今は「原水爆禁止と世界平和」を訴え続け、原爆病と闘いながら、世界中で講演し、頑張っている。

「テレビで見た！　自分の被爆の話をしていた。アメリカで日本の代表として。おれもドンパチやピカはいやだから！　いやな社会科頑張るー」と中学男子。

又、すっくと立った可愛い中二の女生徒が発言した。

「十歳で二歳の妹を育てた。大変な毎日でもういやだと思った。が、妹のために強く生きぬいた。私もたくましく平和の仕事がしたい」とはっきりと。

「戦争は億害あって一利なし。恐ろしく悲しい、絶対反対!!　犠牲者のために『春の海』の箏曲を心より奏でます。三人の方に今日のこと話してね。みなさん、人生はただ一度しかありません。二度となき我が人生を大切にして下さい」

と結んだ。その後「春の海」を奏でた。全生徒さんの心に響くように!!

あんなに静かな朝礼は初めてで、生徒が落ち着いてきた。と学校より感謝のお便りと、生徒の感想文が届いた。この感想文は宝物である。

それぞれが「平和の大切さ」を強く訴えていた。

くりくり保育園と学童保育の会

保育園は、すごく元気な小さな子供が多いのでびっくり。平和の勉強は童話から始める予定だ。みんな、くりくりと愛くるしい子供ばかりで嬉しくなる。

「こんにちは。今日は大切な、そして少し怖い、お話をするから、静かに聞いてね。お願いね。約束してくれる?」

「うん、いいよ、静かに聞いてやるよ。先生もそう言っとった。約束する」

「『かくれんぼ』のお話は、本当にあったお話なのよ。ピカドンで死んじゃったのよ!」

「ピカドンが、かくれんぼ中に『ピカー』と恐ろしく光ったの! 手をつなぎ、目をつむった時、みんな近くのすみにかくれた。鬼さんは電柱に妹の手をギュッと持ったまま、一人残らずまっ黒にまっ黒こげに」

「もういいかい？　まーだだよ！　みーつけたー」

今にも子供の声が？　ピカさえ光らなければ!!　子供の声が!!　聞こえたはずなのに。

大人の身勝手な政治で、炭になった子供達。なんと！　哀れな姿よ。泣けて涙が止まらない。

「ピカ消えろ！　おれは許さんぞ！　ピカ死ね、死んじまえ」と大きい組の男の子が叫んだ。

最後にすいとんの試食、「これを毎日はいや。水っぽいし、変な野菜ばっか？　少しはおいしい方がいい！　お団子も少ないし……」とおしゃまな女の子がはっきりと言う。

学童保育には、小六までのお兄さんがいる、夏休み中は朝から帰るまで、チビちゃんのお相手役と自分の勉強だ。

「エライヨー！　エライ！　ヤンチャな男の子の相手は大変よ」

「お兄ちゃん達ガンバレー　自分の宿題も忘れずにしてね」

「今日は、とても大切なお話を致しますので、静かに聞いてね!!　お願いね。広島の少年が『原爆』に遭い、楽しみにしていたお弁当を食べずに死んだ、悲しい実話『残されたお弁当』は、お母さんが、麦、大根、豆等を入れご飯を炊き、お弁当に詰め、中一の勝君に持たせた。楽しみでウキウキの勝君だったのに!!」

火事を止めるため、家を破壊する仕事中に、「ピカッ」と光り、すさまじい熱風と爆風で、生き地獄に。三日間探し続け、ようやくまっ黒の弁当を見つけ、我が子と判明。まだ食べずどんな気持ちで天国に。戦争さえ無かったら、多くの子が、若者が、父が、兄が生きていたのに。悔しい！

「腹ペコで家壊しキツイ。大人が戦争するからだ!!」

「家がもったいない。まだきれいで立派な家を壊すんだから」

「ドンパチ、ピカドンが悪い！　戦争するな、大人が悪い!!」

すいとんを食べていた時「ご飯なんでも食べる!!　残さない」

「食べずに死んだ腹ペコ勝君可哀想。あんなに楽しみだったのに!!　泣けてくる」

「すいとん食べるかな？　分けてやって一緒に食べたい」

小四の守君が言った。守君は、残さず何でも食べることに決めた。

みんな神妙な顔つきですいとんを食べた。

老人ホームでの貰い思い出

「すいとんの会」で、箏曲(そうきょく)を弾くことが多く、七人の小・中学生と二人のお母様が、多忙の中を頑張って弾いている。先生は悠と母である。

母は五歳で父親が戦死。そのため母は二人の弟と、淋しい思いをしていた。そんな気持ちで毎日、家の仕事に追われ一年が過ぎ去る。

十年後、新年初音の調べでラジオから、流れる箏曲に心和み「なんと清々しい」音色。母は、絶対免許を取ると決め、古曲、新曲を二人の先生から指導を受け、働きながら、先生の免許を取得。清流のように美しい曲に心が弾み元気が出た。

最後に東京に出て、宮城道雄氏の新曲の特訓で免許を二度取得、感動で涙が出た。宮城先生は七歳で失明、苦労と努力の連続。父親が働かず一家を守るため昼は働き、夜中に作曲、立派な人物である。母は宮城先生が大好きで尊敬している。

今日は老人ホームで、箏曲の発表会。昔懐かしい曲を色々と、ご老人と共に歌う。『ふるさと』『荒城の月』『さくらさくら』『おぼろ月夜』『三段の調』『黒髪』『六段の調』『春の海』等。みんな必死になって弾いた。大成功、やったー！

「みな様、楽しんで下さいましたか？　和菓子を持参しましたので、共にどうぞ」と母。

「お茶美味しいわ。新茶ですね？　いただきます」

「今日は佳き音色のお箏を弾いて下さり、生き返りました」

「昔を思い出し、涙が出ましたよ!!　若返りました」としづばあちゃん。

「みな様ありがとうございました。厚く御礼申し上げます」はホーム長さん。

「孫のような可愛らしい学生さん方」

「みんなでお人形を作りました。お土産にどうぞ」と代表のご老人。

「うわ!!　可愛い、嬉しい!!　いっただきまーす」と皆大はしゃぎである。

なかよし老人ホーム
演奏会
ふるさと

色々話し、孫のようにハグしたり、又秋にと別れがたく、手をふりふり帰った。最長老の、よくお話しした、Sおばあちゃんが病気で入院されたと知り、お手紙を悠母子はすぐに書き、珍しい切手を貼り、出した。

子供と夫も亡くなり、姪御(めいご)さんが良い人で、後のことを託されており、ご返事が来た。Sおばあちゃんは手紙を大喜びで、いつも読んでは枕元に置き、来る人に読んで聞かせていた。毎日主治医に見せては頑張っていたが、昨日亡くなり、手紙は天国に持たせました。「苦しむことなく、お陰で幸せな毎日でした。今は、お花の中で読んでいます。ありがとうございました」とあり、ホームに手紙を持参。老人ホームでは、仏壇に亡くなった人の、名前をお供えし、お参りしている。姪御さんからの手紙は二人の宝物に。Sおばあちゃんお花の中で安らかに。

長崎の平和学習と貞子ちゃん

八月九日、十一時二分。長崎に原爆が投下され、生き地獄となった。「すいとんの会」では、十時半に集まり「黙祷」をした。今日は苦しんだ貞子ちゃんの話をすることに。

貞子ちゃんは二歳で被曝、元気に育ったが小六の春より体調が悪く入院。

体がだるくて熱もあり、元気が出ない。それまでは元気で、走るのが速く、運動会ではいつも選手だった。病名はピカによる……白血病（血液のガン）で、悪くなるばかり。努力する子で、勉強もよく出来た。皆に好かれ人気者であったのに。

食欲もなく痛みが出てきた。運動会までには治るかもと仲良しナースに言われ、元気を出そうとするが、ますます痛みが。千日で治るかもと言われ、薬の紙で千羽鶴を頑張って折ったのに、あと二羽で千羽の日、花咲く天国の住人に……。楽しみに楽しみに沢山折ったのに‼

「十年経って発病、原爆は恐ろしい。忘れていたのに！　貞子痛かったね！　母ちゃん代わってやりたかった。よく頑張った！」と家族はみんな泣き明かした。

「貞子ちゃん、可哀想。『ピカ』落とすな‼」

「痛いよ痛いよ！　助けて！　父ちゃん、母ちゃん、兄やん」

本当に悲しい。全身の細胞が放射能にやられ、ゆっくりと進み、一生不安とガンの死がつきまとう？　楽しい人生があったはずなのに！

悠と母は、生協の「平和と文化」研究班から、長崎の平和行動に参加。『宇宙平和賞』を持参して三日間の旅である。初日が戦跡めぐり、二日目が「体験者のつどい」。被爆し病気で苦しみ精神的に泣ける話ばかりで、三名の話を創作童話のヒントにするため、しっかりとメモする。

午後から資料館の見学で、貞子ちゃんの仏前でお参り、心から安らかにと祈りながら泣いた。「天国のお花の中で安らかに元気で」と祈った。

「貞子ちゃん、痛くて辛くて悲しかったね！　ハグして共に大泣きだ。ピカは不要、消え去れ！」と悠は祈った。

地下にある平和図書に『宇宙平和賞』を持参、謹呈し、活用保存となり、ハグしてお別れ。出口前の大きな絵に、ただただ見入り不動。題名『ふり袖の少女』。おかっぱ頭にふり袖を着て、火葬の時の様に井型に組んだ材木の上に、毛布を敷き、二人仲良く手を結んでいる。何とも切なく、悲しくて泣き続けた。「今の姿のまま天国で生きて！」と叫びたい。生き返ることができたなら……。

この世から戦争が消えたら、こんな悲しいことは起きない。平和な世界を、戦争だけはしない人間社会を切望。立派な政治を!!　「世界恒久平和」を!!。

特攻の板津氏と「大すいとんの会」

今日は「すいとんの会二十周年」を祝して町内の大広間にて、盛大に有意義な会にと、悠と母ははりきっている。犬山城近くにお住まいの板津忠正様に「特攻の実状」を講演していただく。共にすいとんを食し、箏曲「春の海」「六段の調」、踊り、子供達の歌もある。町内の方々も多数出席、「すいとんの会」の子供も三十名参加で合計二百名。

「皆様、多数ご出席いただき、ありがとうございます。板津様、ご多忙の中何卒宜しくお願い申し上げます」

「私は名古屋市出身。日本陸軍特攻で一九四五年五月、知覧より出撃するも運悪く、エンジントラブルで砂浜に不時着。生還戦後、名古屋市役所で働きました」

「特攻を風化させてはならない」の信念を貫き通した板津さんは、日本全国を行脚した。沖縄戦で亡くなった全千三十六人の遺書や写真を集め、知覧特攻記念館を、苦労して開いた。

「犬山から知覧まで、飛行機で通い、集めた絶筆の書画や掛軸は素晴らしい作品が多く、遺書となる手紙や葉書には涙が流れます」

この仕事は、奥様が理解ある公務員の立派な方で、祖父母と妻のお陰で出来たと語られた。子育ては祖父母と妻が、自分の退職金、ボーナスの総てを注いだ活動であった。

「特攻で明日は死ぬ身でありながら、それをかくし、家族や恋人、若妻と別れ、断腸の思いで死んでいく。どんな気持ちだったことか」

「天皇万歳、お父上お母上、お達者でーと叫び海に散った。我が身を弾に代えて、実に悲しい話である。帰りの油なしの死出の旅なんです」

戦争さえなかったら。全身が震える思いである。お年の方々は泣いていた。特攻帰りの方々は住所を変えたり、友を思い暗い人生を送る。板津様は、友の顔や当時を思い出し、目に涙して、椅子にぐったり!!

「ご講演ありがとうございました。ご苦労様でございました。感謝致します」

「テレビで見たけど、みんな死んだ。死ぬ勇気がなかったか？　と軍人が殴(なぐ)った！　殴るやつが死ね。あまりにひどすぎる！」と中学生……。中学の男子生徒は、正しく人間を批判。

死んだ方が楽だったかも。生きるのはキツイ。戦争は人間性が無くなり、ただただ空しく悲しい。命を石コロと思っているのか？　板津様の生き方にただただ感動。

板津氏を囲み、すいとんを食べながら、箏曲は「六段の調」と「春の海」を。全員が頑張り素晴らしい一日を送った。白ゆりの花束の贈呈をし、二度目の講演の約束をして終わった。

おりづる観音様が鳳凰に、火の鳥に

おりづる観音様は、広島の平和公園に建つ「平和の少女像」のおりづるに肖(あやか)り、世界中の子供の幸せを願い、立ち続け見守っている。おりづる観音様には、大きな意味があり、今現在でも我が身を、三十三に分け苦しんでいる人々に、救いの手をさしのべている。この役目を背に、毎日「世界平和」を願って微笑む。このおりづる観音様が、見事に変身したのだ。

悠母子は夕日が沈む頃、おりづる観音様の前にやって来た。夕日が犬山城を照らし、日本ラインの川面を赤く染め、二人はしばし時を忘れて眺め入った。その時どこからともなく芳香が漂い、おりづるが大きく羽ばたき「クオークオー」と神々しい啼（な）き声を上げた！　その美しい姿、羽は長く幅広く、羽衣のようになびき、「キラキラキラキラ、サラサラサラサラ」と雷光のように輝き、その光が雨のように降り注ぐ。何とも言えない芳香が辺り一面に漂い、幸福感に満たされ〝ただただうっとり〟目を開いた時、おりづるは鳳凰の姿に、見事な変身である。町内の人々が大勢集まり、ワイワイガヤガヤ、ワイワイガヤガヤ。お祭りのようなり。

「ウワー！　きれい!!　見て見て。鳳凰だよ!!　鳳凰だよ!!」

「眩（まぶ）しいほど光る！　御来光のように。七色に、七色に光ってる？」

「なんかいい匂いがする？　この匂いは何だろう。お香の香りだわよ!!」

　みんな呆然（ぼうぜん）となって、鳳凰を見上げている。魔法に包み込まれたように。何とも言えぬ芳香に包まれて。うっとりと大空をいつまでも。

「いったいこれはどうなったのか？　……」

　人々は夢心地……。お巡りさんまで出てきた。電車も車もしばし、ゆっくり気味である。ご住職もお厨様も出て、じっと鳳凰を見つめている。その時鳳凰はすっと火の鳥に変身。火の鳥は「クオー」と一声。さらに響きわたる一声残して、西の空へ雷光のごとく消えた。人々はしばらく動くことが出来なかった。

「すごいね鳳凰見た？　おりづる観音様が大変身よ」

57　おりづる観音様が鳳凰に、火の鳥に

「大河とお城と鳳凰！　芳香に包まれ、まるで天国だわね。なんともいい香りだよね!!」

悠と母は、あまりの不思議さに、ただただ手を合わせた。空には十五夜の光、おりづる観音様が、くっきりと浮かび上がって見えるが、つるの台座はない。

しばらくすると、西方より芳香と光が走り、東の空に〝アッ〟と言う間に消え去った。この光は、鳳凰から変身した〝火の鳥〟であった。

飛行機から観音様の地下室に消えた

遠くからかすかな音が響き、だんだん近づいて来る。どこからともなく、清々しい香りが漂う。東の空より飛行機が緩やかにおりづる観音様の上空を旋回し、前にある広場に静かに着陸した!!

火の鳥が小さな飛行機になって、帰って来たのだ。何とも不思議なことであるが、おりづる観音様のお力は偉大(いだい)で、びっくりすることばかりである。

母と悠は、近くで静かに見守ることにした。

タラップが用意され、ナースと共に、白い服を着た沢山の子供が降りてきた。又、ほんわかと佳き香りがする。子供達は歌を歌い、手をつなぎ、にこにこと微笑んでいる。みんな背中に白いカバンと、上下白い服で白い靴を履いている。

最後に全身白のパイロットが降りてきた。母はその人の顔をじっと見つめ、「はっ」と気づいた。戦死した父の顔にそっくりだ⁇　そっくりだ‼　格好よく一礼してくれた。

「お父ちゃん、お父ちゃん？　会えた！　うれしい生きていたんだね⁉」

母は、思わず大声で叫んでしまった。

五歳で母は戦死した父親と別れて五十年。天と地ほどの生活差、いやと言うほど苦労した。真っ白なお父ちゃんはうれしそうに、ただにっこりと笑っているだけだった。お互いに一礼したが、母はいつまでもじっとじっと見守っていた。ただただ夢を見ているように。

白い服の一行は、三十人前後が手を結んで、にっこり、静かにおりづる観音様の地下室に、「アッ」と言う間に静かに消えた。

飛行機はいつの間にか鳳凰に変わり、芳香に包まれ、参集した人々はみな夢心地……。光り輝く羽根は「サラサラサラキラキラキラ、何ともきれい‼」

見事な雄姿に見ほれている間に、鳳凰はおりづる観音様に。あの子供達は、地下二階の部屋に分かれて、ナースの指導で生活が始動。地下には学級や治療室がある。畑もあり、野菜、芋、豆、お花、ハーブ、リンゴなど沢山。共同作業で自活し、パン、ピザ、ウインナーは全員の共同作業。子供は大喜びで助手をする。

子供は被爆二世で「平和の使者」である。学級では毎日「平和学習」が始まり、大合唱もある。

お料理は食事係が頑張る。掃除は小さい子もしっかりするのできれいである。トップの教育が立派なので、みな楽しく生活出来、明るく生き生きとしている。

「本当ですから見学に来て下さい。二年で卒業となっているから早く来てね」

地下室の不思議な楽しい生活

悠母子は、地下室のことが気になり、夕方行くと、美味しい料理の匂いがする。又、満月の夜は透き通る歌声や、大合唱が響き渡り、しばらくうっとり楽しめる。

おりづる観音様建立時は、「平和の写経」をして納めた。全世界の恒久平和・宇宙の完全なる平安、家族の健康長寿、五百人の写経の思いを、大事に大切に一階に納めてある。外国の方も「平和を願い」おりづるを土産に訪れる。小さな千羽鶴がきれいです。

ハーブは、心身の安定に効果を上げ、食用に沢山使用するため、畑で色々作っている。お花も色々と楽しみ「平和ハーブ」は素晴らしい!!　香りも薬効も最高である。

「ハーブ紅茶美味しいよ!!」

地熱が高く、ガスも電気もいらず、地下の温水で風呂、洗い物総て、地形が良く、一年中暖かく、不思議と明るい。経費0を目指す。小さな窓もあり、太陽の光も充分に入る。ダンスをしたり、ヨガや折り紙教室もある。みんな楽しくクラブ活動。

しかし夜は少々冷えるので、太陽が沈んだらロウソクの明りで夕食を楽しく食べ、すぐにシャワーをしてお祈り。今日を元気に過ごせたことを感謝し、明日一日もお守り下さることをお願いして、床に入りぐっすり眠るのである。

朝は六時起床で体操。決められた掃除を早くする。お祈りで、楽しい朝食。おしゃべりタイムの後は学習に。みんなまじめに勉強しているよ‼ 大切な〝平和学習〟。

おりづる観音様と夜桜見物

三月になり菜の花が咲き、桃や桜の花も咲き始めた。悠はこの季節が一番好きで、よくおりづる観音様まで出かける。母と一緒に。時々言い合いもするよ‼

野原一面にタンポポや、レンゲ草が咲き出し、ピンクの可愛らしい桜草も、風にゆれている。十五夜も近づき、犬山城前のライン川や岸のぼんぼりに、明りがともり夜景の犬山城が輝いて見える。木曽川は雄大に流れ、日本ラインとも言われ、犬山城が水鏡に映りその姿は美しい。見る人はただ

さくら

うっとり……。しばらくじっと動けないのである。

犬山城の屋上からは、ライン川が長く広く雄大に流れ、枝垂れ桜が咲き、桃が見渡す限り咲き揃う、夢のような城下町が見渡せる。大天空には十五夜の月が輝き「夜桜の会」が始まった。平和の使者である、子供達も全員参加で大喜び……。

「少々寒いので、白いホワホワを着てネ。熱が出ると大変だからね!!」

「ハーイ、着ます。しっかりと全員着ますよー」

「手袋に帽子と、マスクも忘れないでね」

「すいとんの会」の子供も、大勢参加。あまりの美しさに全員が、しばしうっとり。おりづる観音様も今夜はお仕事を休み、皆の幸いを見守った。踊りや合唱、『春の海』を静かに聴いた、ハミングするお琴の子もいて、悠先生嬉しそう。

観光の夜桜見物の人々も、振り返り見聞。しばらくすると、桜おじさんが大袋に土産を持って、平和の友と「すいとんの会」の子供達の前に現れ、文具やヘルス菓子をプレゼントして下さった。その方はおりづる観音様建立時、大変ご協力下さったご住職だった。綺麗な奥様も小さな〝おりづる〟を持参して、子供達にたくさん下さった。

「さくらパパ、ママ、ありがとう!!　色々のプレゼントをサンキュー」

「みんなガンバレよ!　平和は大切だからな」

「よく食べよく寝ること!!　そしてよく学ぶこと」

「がんばる！　ピカドン、ドンパチいやだから！」

「だいきらいだから‼」

空には満月、夜桜は風にゆれ、犬山城は夜景に映え、なんとも佳き風情。それがライン川の水鏡となってばっちり映っている。毎月おりづる観音様も鳳凰から火の鳥に変身して、世界中の「平和のために」「子供の心身療養のために」汗だくで働きづめの毎日。

今日はゆっくり桜休日を……。そしてぐっすり眠ってね！

「ありがたいね。心より御礼を申し上げます。いつまでも見守りよろしく‼」

今日は土産もいただき、夜桜もお城も最高、水鏡も見られ、大自然に感謝。平和の使者は「何より平和が大切。ご飯のように、空気のように、おりづる観音様ありがとう」の手紙を残し帰った。

さくらおじさんにも、おばさんにもお手紙あり。

今でもどこかで戦争、子供に不安ばかり与えている。「実に残念。正に残念」。

子供は大人を見て育つ。手本になる恥じない希望の持てる社会を‼

カンボジアの里子と愛の井戸

「すいとんの会」も朝日新聞と、中日新聞が取り上げて下さり、日本中に知られるようになった。色々遠方より取材を受け、ありがたいことである。犬山市も年一回、「大すいとんの会」が開かれ、国際交流が始まり、すいとんと味ご飯が無料で出され、大人気！　交流は県下一。立派な市である。

おりづる観音様で、ご協力いただいた臨渓院のご住職は、日本の若い僧の「ボランティアの会」の会長で、外国のボランティアにも尽力され、立派な人物である。このご住職に頼まれ、里子支援に協力。十二歳ぐらいから、女の子は家族の生活のため売られ、エイズになると家に帰され、治すお金もなく、食べる物なく死んでいく。

死んだら穴を掘って埋め、その上に石を置く。すぐに犬や豚が食べ骨になる。これだけは防ぎたいと、里子制度が出来た。三名の少女を十年の里親である。年三万五千円は一人分である。学費、食費、雑費、親にも生活分を出す。十年の三人分で百五万円、先生かナースになり、手足のない父親代わりに家を支えるのである。

カンボジアは内戦で、成人男子はみな戦死か地雷で手足がなくなり、生き残った父、兄はだるまになり働けない。子が親を支え、弱子は死ぬのみ。

飲料水はスコールの雨水のみ。バケツや鍋、大穴に溜め、その水により病気になることも。元気な子が遠くまで川の水を汲みに。頭にのせ、運ぶのが子の仕事。実に悲しい子の実態。

ご住職は、「愛の井戸掘り」運動の協力を叫び始めた。素足でガタガタ道を一時間往復する女子が多い。学校にも行けず、生活のため水運びをする少女。

「皆様！　無理をしない程度で、ご協力を宜しく」

一基三十五万円。現地人に払って仕事を与え、ポンプを取り付け、三メートル四方をセメントで囲う。そのセメントの柔らかいうちに寄附者名を彫る。

悠母子も父に相談、三基寄附することに。一番貧しい母子の村・チョンピカ村に一基、里子ちゃん村にも父はだるま子五人宅に一基、寺院と小学校と頭骨ばかりの記念館に一基（内戦で殺された人の頭骨千人分が館に）。

午前中は寺院と学校が使い、午後からは婦女子のために、夕方は青年組が使用。他に五名の方が寄附、フル活用である。出金は三回に分けて、一度では大変だけど、節約すればどうにか終わる（古着利用と、髪は自分でカット、毛染めする母）。

カンボジア平和の旅と交流

悠の母は父が戦死し、五歳から人一倍苦労している。生活は地味で常に節約。もったいない精神で生活。その母が困った人のための寄附は人の三倍する。特価品生活でブランド品は大嫌いだ。毛染め、カットは自分で、だが気の毒な子供を見ると、すぐ助け船を出す。そのため家族全員が協力である。

そんな母も悠と共に、ご住職主催の平和の旅に出た。七日間のカンボジアの旅、里子に会い、愛の井戸を見て、観光が少々である。母もこの旅は満足でニコニコ顔。

決して裕福な方々ではないが、助けたい方ばかりの集まりで、井戸の寄附者が多い。初日は貧しい村に贈った井戸に。セメントの囲いに、日本、愛知、犬山、ジジワ家族寄贈の年、月、日が刻まれていた。

あまりにギコギコ使いすぎて、水脈が枯れる時あり、と管理人。母子が水を嬉しそうに出し、幼児がすっ裸で水をかぶり水浴。水を次々飲み、流れ落ちた水で洗濯。その流れ水は畑に行き、野菜が育つと説明された。多くの利用で泣けてくる。

ドッと多くの障害者と老人母子の村民がゾロゾロ、拍手で歓迎してくれる……。

「アリガト、アリガト！　サンキュ、サンキュ、アンガト」

村民総出の大人数、皆がお礼の言葉と拍手、大喜びのピョンピョン。「ではお互いお元気で」

……車の後を子供達が、いつまでも走って追って来る〝泣けた〟。

次は里子の元に。目がくるくるの可愛いガリ子ちゃん、恥ずかしそうに笑った。我が家の十年間の娘と思ったら、愛おしく涙が出た。土産を渡し、母親に会いハグし、写真を撮り別れた。この子の姿はいつまでも思い出す。三人の里子は、先生とナースになった。二つ目の井戸では、小学生が待っていた。

ポンプをすぐ押すと「ジャージャー」出た。顔を洗い、一口味見、美味しかった。大切に使われていて安心。ヤシの実ジュースをいただきお別れをした。

一年後カンボジアの子供八名が、犬山東小と国際交流で来訪。東大寺出身の住職のお世話で。東小では文具や日用品、お米その他、沢山集め寄附。学食すいとん汁で昼食後交流。歌、ダンス、大縄飛び、楽器演奏等で交流。カンボジアの民族服で長い爪を付けた女の子が、宮廷のアプサラダンスをゆっくり踊り、実に素晴らしく美しかった（アプサラとは女神の意）。沢山の土産に大喜び。有意義な国際交流であった。

創作童話とすいとんデーの制定

広島と長崎の慰霊祭に参加し、「体験者のつどい」で聞いた悲しい恐ろしい話を、母は創作童話にしている。「すいとんの会」で披露し、大人気を得ている。千字の作品は三分間で長さが丁度よく、子供達は真剣に聴く。動く子供がいない。

「もっと聴きたい！　怖いけれども、もう一度読んで！」「ピカドン大嫌い！　可哀想すぎ!!」「いつももっと食べたい！『水水水』で死んだんだよ」それぞれに感想を……。

創作童話『忘れ得ぬ友』は、長崎中学一年男子のK君とS君の話。飛行機をベニヤ板で作る作業を、毎日強制的にやらされていた。少ない食事で常に腹ペコ。「一度でいいから沢山食べたい」と話しながら久しぶりの休日で、木でゲタを作っていた。十一時六分「ピッカ!!」とすさまじい爆風と六千度の熱風。家はバラバラで、柱の下になった母と弟。火災が起こり火が燃え上がり、どうすることも出来ない。おじさんが柱を上げようとしたが、その人が倒れ死んでしまった。友も柱の下だ。助けようとK君は、必死になって柱を少しでも上にと思うがだめ。

「お前おれのこと忘れて！　山さ逃げろ!!」

「早くしないとお前も死ぬるぞ！　早く早く!!」
言い終わると、友は動かなくなった。死んでしまったのだ。
K君は悲しくてどうすることも出来ず、ただただ山に向かって走った。何年経っても忘れること
は出来ない。戦争さえ無かったらといつも思う。
「ゲタは、みなさ履く。中学になると、自分のゲタは自分で作るべ」
「ゲタはもう少しで、二足出来上がるところだったのに!!」
友の声がする。昔の人は何でも作った。「すいとんの会」の子供も、頑張って平和の作文を書き、
『宇宙平和賞』の第二部を出した。すいとんを食べながら、いつも子供は言う。
「一番苦労し、悲しい思いをするのは子供だ」
「大人はずるい。すぐドンパチ始める。すいとんの日作って。平和の勉強すべきだ!!　子供に〝ケ
ンカ・イジメするな〟と言っておきながら!!」と中二男子……。
ある日、日本記念日認定所が長野県にあるとわかりすぐ調べ、書類を送ってもらった。内容が充
実していないとだめらしい。今までの経歴を書き、認定されるのを待った。一ヵ月ほどして、「四
十年もよく頑張りましたね。充分認定出来ます」。八月十五日を「平和を学ぶすいとんの日」と決定、
「認定書」が送られてきた。大きく新聞にも取り上げられた。子供達は大喜び。記念の日に「すい
とんの会」を開いた。これからは、八月十五日が〝すいとんの日〟だ!!　ようやく待ちに待った〝す
いとんの日〟が決定した。終戦記念日と重なり最高だ!!

夏休み中の「終戦記念日」に「すいとんの日」も楽しみなり。

夏まつりの花火と鵜飼いと子供達

今日は八月十日、花火大会の日だ。夏休みに入り、この日を待ちに待っていた。平和の子供達はみんな、頑張って野菜やハーブ作り、平和学習に精を出す。元気な子供だけの行事なので、病気の子供は薬を忘れず、よく食べよく寝て早く元気になる。弱虫子供には鳳凰の話をした。みんなで花火を見ようと、夏休みの宿題を頑張って勉強した。みんなみんなで協力した。本当の兄弟、姉妹のように。

悠も、父母や「すいとんの会」の子供も、おりづる観音様の前に集まった。

いよいよ始めの「ドーン」が上がり開始だ。次々と大輪の花火や、小菊、しだれスターマイン、ナイアガラが音楽に合わせて上がり、別世界だ。

お城がライトアップで、花火と並び何とも素晴らしい。戦争や原爆で亡くなった人達も「天国から目を丸くして、みんなで見ているよ？　同時にお城も見られて、最高だ！」

天国組の人々もあまりの美しさに目をパチクリパチクリ。キョロキョロ、パチクリ。

おりづる観音様の前で見ている、地上の平和の子供達は、仲良く全員でハグをして、喜び合い大合唱……。好きな歌を次々と。大人も子供もみんなで大声で。

おりづる観音様も、うっとり顔で一言。「この風景がお気に入り」。

「素晴らしい！　日本ライン、犬山城、花火と桜を世界中の子供に見せてあげたい。だからこの風景が、選ばれました‼　日本の風光百選に‼」

ここは花火だけでなく、鵜飼でも有名で、夜景の犬山城、日本ラインの雄々と流れる大河。水鏡にこの総てが映し出され、満月が重なると見事で‼　他にはないのではと思う。

そこにかがり火に照らしだされた鵜船が何船も、なんとも涼やかな風情である。

「かがり火がパチパチと散り、きれいだね‼」「鵜が上手に、魚を捕るんだね。エライ‼」

子供達はあまりの美しさにただただ見つめるばかり‼

夏まつりは子供達も楽しみにしている。昼はからくりの山車が十三台も出て、見事な技をくり広げる。人形の可愛らしいこと。

「よく間違えないね。糸であやつりドンデン返し‼　スゴイ上手上手。お茶運びも」

ゆっくりと可愛らしく、見事に運ぶ。

夜の「夏まつり」は竿燈（かんとう）と言って、これも見栄えする美しい姿、よく出来る芸当なり。百個の提燈をつけた竿を、手を使わず体で支える芸である。暑さも忘れて、子供達は楽しんだ。これも平和でなくては成立しない。〝平和こそ何より大切で貴いものです〟

破壊は一瞬、人生は一度だけ

悠母子は、毎年大山市より依頼されて、小学校中心に、子供の平和教育を行っている。広島・長崎の平和資料館の写真、戦跡の沢山の資料や写真をよく見る。毎年コロナ中もすいとんを食べながら学習会。創作童話・創作絵本も忘れずにパネルも持参。

市外のお困りの学校より、平和学習の依頼。学習ボイコット生を前に講話をする。真面目に目を丸くして、真剣に聴いているではないか？

「みなさん、戦争は恐ろしく！　ばからしく！　悲しいことばかりです!!」

「破壊は一瞬、築くは永遠なんですよ！　戦後は子供も一人前に働き、食料難は続き、充分な勉強が出来なかった。今学校で、いじめ、シカトで人を困らせ自死においやる事件。これは第二の小さな戦争で悲しく起きてはならぬ。実に残念な残念な戦争です！」

「いじめなどしている時ではない！　人生は一度だけ！　今を大切に頑張る」

「勉強も今だけよ！　いやなことも成しとげると成果が出ます!!」

授業ボイコットの悪童達も、生まれ変わったように真剣になり。

「おい先公、これからは少し勉強するぞ！　戦争はいやだからな。今しかする時ねーし。今やらなきゃ！　ヤベー事になるからな？」

少々真面目になった。先生は嬉しそうに話して下さる。次から次へと。

このような変化があり、〝ありがたい〟。三十年は「アッと言う間で」、記念に平和図書をその都度寄附。少々でもお役に立てばとの思いから。この奉仕により県知事の「感謝状」を受ける。「すいとんの会」の子供達も、「ヤッター」と大喜びの拍手喝采。〝学校の平和教育何より大事〟、苦労話は大切である。子供は素になり納得する。

チャイルドホームの子供に、学習奉仕もしている悠母子は、毎週土曜日に三時間ほど、算数、数学を、小・中学生三十人前後に二十五年間教えている。初めは大変で、「学校の勉強もいやなのに、どうして又するのだ」と言っていた子供達は、一年もすると見違えるほど出来るようになり、学校も楽しく行くようになった。前にはいじめられて、半数が早帰りしてくる有り様だった。算数、数学が出来るようになると、他の教科も頑張る。「学校も勉強も、楽しくなったガンバルー!!」と変身。

いじめられて帰ることもなく、中学生も円形脱毛が出来るほど頑張り、中学校でトップになる子も。多くの中学生が、高校に行くようになった。女子は看護師さんになるため看護学校に行く子もあり、みんな希望が持てるようになった。

ホームの先生方や、福祉の方々も大喜び。一番嬉しいのが悠の母、自分が苦労した分、喜びも倍である。母は、チャイルドホームと社会福祉協議会より「感謝状」を受け嬉し泣きしている。ホームの子供を我が子と思い、教育しているからだ。

四十五年の願望を、出版と交流

我が母は、我が子育て記を一年かけ、若いカップルに贈る応援本として出版した。タイトルは『ぱ～ま～の宝箱』。若いパパ・ママも、可愛い我が子に教えられることが沢山あること、昼夜寝ずの看病など、親はどんなに苦労し、心から愛を込めて育てたかを書いた本である。

平和教育の時にもよく話す。すると生徒全員の顔つきが変わりニコニコニコー。

「文句ばっかり言ったけど、少し考え直すとするか？」

「おれもそんなに、可愛がってくれたのかなー？」

「今元気で勉強出来ることは両親のお陰、うるさいことを言うのは子供が可愛いからよ」

『ぱ～ま～の宝箱』は、母の悠と姉の「育児楽戦自由詩」である。産み育てるのは生死をかけた大仕事、何より貴く最高の仕事である。だが、なかなかそれに気づけないのである。

小さくて儚く、グニャグニャの赤子を育てるのだから楽ではない。熱は出るし、咳き込むし、寝かすと泣くし、抱いて長椅子で一泊。親は一年ぐらいヒヤヒヤの連続で子は育つ。不眠不休の大仕事。大切な命を育てる事は、この世で一番貴く大切な仕事である。

一歳になり、ヤンチャが始まる。次々悪ばかり、苦のない可愛い顔でニンヤリ、呆気に取られ笑うしかない。幼児は食べることと、ヤンチャしか知らない。その中から学び、お利口さんになっていく。子供はみんなに叱られ、競争し合って一人前に。

友人やボランティアの知人に、本をプレゼントしたところ、

「面白い本！　昔を思い出し、子と大笑いよ！　元気をもらったよ!!」

「夫と会話がなく、一階と二階に別居中だったのを、あの本に助けられた。三人の子育て頑張ったなあ。昔を思い出し、お互いに努力する気になれたの!!」

と、嬉しい友の感想。今、廻し読み中とボランティアの友。昔の友、読んで「泣けた」「男の子三人大変だった」「昔が懐かしくて!!」とのこと。市の成人式の祝い品に採用され、「心から嬉しい！」。又、この本は、運命的な出会いと大役を果たすことに!!

『こうのとりのゆりかご』の熊本慈恵病院の蓮田太二院長が亡くなられ、奥様が立ち直れずにいるという文面を新聞で知る。すぐ本を送った折、仏前に供え、手紙を読まれ元気が少々出てこられたとのこと、何より嬉しくただ感謝。本『ゆりかごにそっと』をご長男（今は院長）のお嫁さんよりご恵送いただき、少々の寄附をそっと送らせていただいた。蓮田先生より御礼のお言葉あり。

「何よりも命が大事。命を助ける。どの子もかけがえのない子」

「あらゆる危機に耐え、十年で百三十人のベビーの命を救いました」

終戦記念日に平和サミット

おりづる観音様は、毎月一回鳳凰に変身して、舞い上がり、火の鳥となり、心身共に元気になった子供は、出身県や国に帰って行く。特に心を治したい子供がやってくる。お礼に各家族から香料薬草が贈られ大助かり、おりづる観音様もにっこり。子供達もにっこり。

薬香により地下室の空気は澄み、消毒され、多くの心身の痛みが完治する。協力して早く仕事を終え外に出る。この地の空気と自然に触れ、心身をいやし、成果を上げて家族から感謝されている。

花が沢山咲き、野菜を作り料理して食す。中でも「平和学習」が最も大切な授業で、学習室では「平和サミット」が始まった。みんなジャンジャン意見を出す。

「戦争は悲惨なことばかり、実に恐ろしい犯罪、原子力は尚恐ろしい」

絶対禁止すべきはピカドン。水素爆弾はピカドンより超強力。

今日は八月十五日、終戦記念日で平和を学ぶ「すいとんの日」である。全員が意見を発表し、有意義な素晴らしい、平和な毎日になることを願っている。「平和は永遠に続く大仕事」であり、平和は壊れやすく、無視され、荒らされるとグシャグシャになる。

79　終戦記念日に平和サミット

「富める人が、貧しい人に分け与えて欲しい。互いに協力することが何より大切。助け合いを」

子供の切なる願いである。大人が真剣に平和を学ぶ。

「戦争や差別を永久追放、私利私欲捨てる!!」

この先、大変な世の中を生きる多くの若者に、希望と夢を持てる世の中になることを願う。平和でなかったら何も出来ない。

ある賢人は言う。事の解決に戦争だけはするな！　いつまでも延々と話し合うことが大切。七十年、平和活動を続けた広島のTご老人は、顔から全身のヤケドで、生死をさまよった。その後、「平和は、世界人類の問題」として、「命ある限り諦めない〝ネバーギブアップ〟で、全人類が共に歩むことが大切」と強く強く訴えていた。あの姿は忘れまい。天国より訴えている〝ネバーギブアップ〟〝ネバーギブアップ〟「平和を、平和を!!」と。

「破壊は一瞬！　築くは永遠！　この言葉大切です、何より」

悠母子は大声で叫んだ。〝すいとんの日を記念して〟

「この宇宙は、地球は、青く美しい貴い星である。その中に私達は生きている。人生はただ一度の大切な貴い長い旅。苦しみもある。全世界が戦争だけはしないと誓って欲しい」

今学校で起こる〝いじめ〟〝シカト〟は自死につながる。これは第二の「小さな戦争」である。起きてはならぬ実に悲しい事件で、仲良く頑張るしかない。その努力が〝平和〟に必ずつながる!!いつまでも話し合いをする。そして戦争だけはしないと心に誓って欲しい!!

創作童話

夾竹桃の花

暑さに負けず今年も、夾竹桃の花が咲いています。ぼたん色とまっ白が、鮮やかに美しく太陽に向かって。力強く咲く夾竹桃の花を見ると、悲しかった昔のことを思い出します。一人きりになり、どうなるのか？　と。

昭和二十年の終戦を迎えるまでの日本は、長いこと戦争をしていました。あの日は朝から暑い、昭和二十年八月六日でした。長男の明兄ちゃんは、今の原爆ドームである産業奨励会館に出勤して行きました。

次男の勉兄ちゃんは学徒動員で、長女の香お姉ちゃんは女子挺身隊で、兵器を造る工場に、はち巻をして出かけました。お父さんは造船所に、妹は出校日なので、宿題を持ち「お母さん、お姉ちゃん行ってきまーす」と、うれしそうに手を振って、学校に行きました。十五歳の私は台所で洗い物をし、お母さんは庭にある小さな芋畑の草取りをしていました。大きな芋が取れますように？

そして、八時十五分、あの恐ろしい原爆が広島に投下され、生き地獄になりました。明兄ちゃんは、熱と爆風で、跡かたもなく、ドームの周りに咲いていた夾竹桃の花と共に、天に散り行方不明になりました。勉兄ちゃんは、全身火傷で、病院に運ばれましたが、あわれな火傷でどうすること

も出来ず……。

「痛い痛い痛いよう！　水、水、水……水がのみたいよー」

と、叫びながら、原爆投下の三日後、亡くなりました。

芋畑で草取りをしていたお母さんは全身に出血斑が出て、傷みが激しく、

「痛いよ！　苦しい苦しい！　死にたくない死にたくない……」

と、泣きながら、勉兄ちゃんの死後七日目に、お父さんに見取られて、兄の元に……。

香(かおり)姉ちゃんは、お母さんの後を追うように三日後「妹をたのむ」と、私の手を握りしめて「痛いよ！　苦しいよ。助けて!!」と弱々しく叫びながら、お母さんのいる天国に旅立って行きました。

私は、泣いている余裕もなく、焼け跡から夾竹桃の花を折り、姉の顔を花で飾りました。

お姉ちゃんのお葬式が済んだ翌日、可愛い妹が八歳の命でこの世を去りました。あまりに哀れで、天国の母にだかれ、幸せになるように祈りました。

お父さんは、母の死後、一ヵ月たった夕方、一人残る私のことを心配しながら、涙を浮かべ、消えるように亡くなりました。

戦争さえなかったら、幸せだったのに、私は耐え切れず、大声で泣き叫びました。

「どうしてこうなったの？　私は悪いことはしていない!!　家族を返して！　どうなるの!!」

たった一人になってしまったのです。

焼け残りの夾竹桃が淋しく揺れている。

三輪車と共に

つとむ君は、三歳になったばかりの男の子です。まだ小さいけれど、元気のいいおもしろい子供でした。いじめられている女の子を助ける名人なのです。

「あっ、まー君、なっちゃん泣いてるよ、なっちゃんの三輪車取ったらだめだよ！」

と言って、自分の三輪車をなっちゃんに貸してあげるのです。そして、まー君から三輪車を取り返してきます。

つとむ君の三輪車は、お兄ちゃんからもらって磨いたので、光っています。

「まー君、ぼくの三輪車貸してあげるよ。なっちゃんの後で、乗っていいよ」

と、にこにことわらっています。

つとむ君は、広島という町に住んでいます。

広島には、船を造る工場が沢山あり、昔の日本は多くの国々と、戦争をしていました。

戦時中は働く人がなく、食べる物もありません。みんな、一度でいいからお腹いっぱい食べたいと思っていました。お父さんと、お兄ちゃんは、兵器を造る工場に毎日出勤。麦や芋、大根を細かく切り、お米は半分の日の丸弁当を持って仕事に行きます。

その日は朝から暑く、食べる物もなく、つとむ君はお弁当の残りの雑炊を食べて嬉しそうに麦わら帽子をかぶってにこにこ顔です。

「お母さん、ばあちゃん、ぼく三輪車で、なっちゃんとあそんでくるよー」

「あぶないから気を付けてね！　遠くに行ってはだめよ!!」

「行かないよー。なっちゃんちとぼくんちの前だよー」

お母さんにそう言われ、家の前で「チリリンチリリン」とうれしそうに、ベルを鳴らして三輪車に乗って出発——。

そ、その時です。

昭和二十年八月六日午前八時十五分、広島に原爆が落ちたのです。空襲警報解除で、人々は日常生活にもどったばかりでした。すさまじい光と爆風で、広島は生き地獄になり、見るも哀れな有り様。手足は焼けて鉄はこびりついたままです。

〝この一瞬の間に〟つとむ君は、三輪車に乗ったままの姿で、焼けただれて!!

「母ちゃん母ちゃん!!　ばあちゃん」と叫び天国に行きました。

みんな、つとむ君を抱いて泣きくずれました。そして、つとむ君を三輪車と一緒に、ダリヤの咲いている庭の角に犬さん毛布に包み埋めました。

あまりにあわれで、可哀想で、お骨にすることが出来なかったのです。毎日牛乳やお菓子を、お供えしてみんなで祈りました。

戦争さえなかったら、原爆が落ちなかったら、つとむ君は、いつまでも三輪車で遊ぶことが出来たのに、なっちゃんと遊べたのに!!

あれから五十年、色とりどりのダリヤが今年もきれいに咲いています。

奇跡の貴き命

さくらちゃんは、夏休みを利用して、お母さんと長崎への〝平和の旅〟です。前から一度行きたいと思い続けていたので、うれしくて長崎上空では胸がドキドキ、海に面したきれいな町でした。爆心地公園、浦上天主堂、平和公園を見学して、最後に原爆資料館に入りました。案内人の谷口さんが、静かに語り始めました。

「皆さん!! この写真をよく見て下さい!! この少年は、私です」

それは、背中全部が真っ赤に焼けただれた少年の大きな写真でした。見学の人々やさくらちゃんは、あまりのひどい火傷にただただびっくり……。

「ウワー」と、驚きの声を上げました。

昭和二十年八月九日十一時二分、長崎に原爆が落ちました。その時谷口さんは十六歳で郵便配達の途中でした。後ろで何か光ったと思った時、「ドカン」「ドカーン」すさまじい音がして、自転車

と共に吹きとばされました。気を失い、しばらくしてわれに返り、

「生きている、助かったのだ。早く逃げなくては死んでしまう！」

あせりながら、無我夢中で山に向かって走りました。原爆によるあまりの「ショック」で、痛みもなく、血も出ていません。ズボンだけがボロボロで残りましたが、シャツも靴もありませんでした。あたり一面焼け野原で、人々が真っ黒になってゴロゴロころがっていました。

（この世の終わりだ）と思いました。


一昼夜、死んだように気を失っていましたが、朝方ぼんやり目を開きました。

その時、親切なおじさんが、おんぶして病院に運んでくれました。その人もヨロヨロとその場に座りこんでしまいました。


「これはだめかもしれない。だが、やるだけやってみよう。消毒、ガーゼー」

お医者さんは、全力投球で治療をしてくれました。背中全部の火傷ですから痛いこと痛いこと。痛みのため、気を失ってしまったことも。

谷口さんは、歯を食いしばって、火傷と闘いました。どんなにまずい食べられないようなものでも、よくかんで、震えながら飲み込み栄養を取りました。三年間の入院中に、七回もの手術で体は傷だらけです。

谷口さんは裸になって見せてくれました。弱々しい細い体に傷跡が大きく残り、今にも折れそうでした。全部で七ヶ所の傷で、皮膚を移植したのです。

「何度も生死をさまよい、奇跡的に助かった貴い命です。原爆痛と戦いながら『平和』を訴え続けて、生きて行きます」

と、谷口さんは、はっきり言いました。

この時、さくらちゃんは心の中で〝強く〟〝強く〟思いました。

「戦争だけは、絶対禁止!!　何が起こっても戦争だけは、だめ」と……。

かくれんぼ

今から約五十年前の、昭和二十年八月六日の朝は、よく晴れた夏空で、山の上には、小さな入道雲が顔を出していました。学校は夏休みに入り、暑い朝をむかえていました。朝早くから広島の上空にはアメリカの飛行機が現れ、七時三十分にようやく警報がとけ落ちついたのです。

「あぁよかった!!　ヤレヤレ!!」

みんな胸をなでおろし、いつもの生活にもどります。庭の朝顔がそっと風にゆれ、沢山のダリヤ、白いゆりが見事に咲いています。

戦争中なので質素な朝食ですが、みんなそろって食べるごはんは美味しい。幸せな一時で早く終戦になるよう願うばかりでした。

これが、家族最後のお別れになろうとは、誰も想像出来ませんでした。

「ごちそうさま、行ってきます」

お兄ちゃんは学校へ出かけました。出校日だったのです。

「かくれんぼする約束したから、行ってくるからねー。ゆりも一緒だよ」

小五の和君は、妹のゆりちゃんの手を引いて、元気よく外に飛び出ました。

「気をつけてね!! 車に注意してよ!!」

お母さんは、にこにこと手をふっています。外ではもうみんな集まって〝大騒ぎ〟。

「和君、ゆりちゃん走っておいで、こっちだよ」

「ワイワイガヤガヤ!!」

「ジャンケンだ。みんなジャンケンが始まるよー」

和君も、ゆりちゃんも仲良く、みんなの仲間入りして……。

「ジャンケンポン! あいこでしょ!」

と、鬼さんを決めました。和君はグーを出して負けちゃったんです。

「和君の負けだから鬼だよ」「ユリちゃんも和君と同じだ」

「うんいいよ、ゆりも一緒だよ!」

やさしいみよちゃんはにっこり……。

「じゃあ、手をつないで二人鬼さんね」

楽しいかくれんぼが始まりました。

「もういいかい？　もういいかーい」

「もういいでちゅか？　もういいでちゅーか？」

和君は、電柱に頭をつけ下を見たら、小さい花が二本、咲いていました。

「まあだだよ」「どこにかくれようかな？」

「まあだー!!　もうすこしだよー」

「まだでちゅか!!　まだでーちゅか？」

その時です。〝ピカ〟。はげしい光と熱が広島をおおい、〝ドドドーンドーン〟爆音と熱風と、黒いきのこ雲が、ムクムクムクムクと……上空に!!　黒い雨がふってきました。

八時十五分。平和で美しい広島に原爆が落ち、〝アッ〟と言う間に、見るも哀れな恐ろしい、生き地獄となってしまいました。草木も家も動物も、大人も子供もまっ黒に焼けて、そのまま動きませんでした。恐ろしい戦争のために、楽しく遊んでいたかくれんぼの子供達は、その姿のまま、和君は妹の手を握ったまま、天国に行きました。明日は、楽しいことが待っていたのに！　生きる権利が与えられていたのに！　原爆のために死んで行ったのです。

「もういいかい？」「まだだよ、まだだめ？」

「もうーいいーかーい?」「もういいーよ、わかるかな?」

「もういいちゅか?」「兄ちゃんどっち?」

「もうーいいーちゅーか」「さがちゅよ!!」

「まあだだよ!」「もうさがしていいよ!」

「まあーだだーよー」「みっけたよ、あつし君?」

「まだでちゅか?」「兄ちゃんおしっこでちゅー」

「おうちにかえろう、おなかペコペコ!!」どの声も天国からの声でした。

二度と起こってはならない!! 戦争の悲しい悲しい!! 本当のお話なのです。

たんぽぽの花

作江姉やんは、昭和二十年八月九日、十一時二分、長崎に原爆が落ちた時は、十一歳の少女でした。八歳の妹と、一歳になる姉の子供をおんぶして、防空壕の中で、お父さんお母さんを待っていた時でした。

「ドーン」とすごい音とすさまじい爆風で、三人は、防空壕の奥に吹き飛ばされ、気を失っていました。しばらくすると、「生き残っている人ば、おらんとよ。助けに来たばってん、出てきんさーい」

と言う声に作江ちゃんは我に返り、「助けてくんさい。生きとるとよ!!　花と勇も助けてくんさい!!」

必死に叫びながら、助けを求めました。死んだようになっている妹の手を引き、泣く元気もなく、ぐったりしている二歳の赤ちゃんをおんぶして、防空壕から真っ黒になって、よろよろと出てきました。三人共よくぞ生きていました。

出てみてびっくりです。見渡す限り焼け野原で、泣き叫ぶ人、血だらけの人、お化けのような人であふれていました。

「どうなったとよ?　なにが起きたとよ?　姉ちゃん!　おそろしか!　家ば探そう?　勇に何か食べさせないと死んでしまう!!」

と、妹がいいます。作江ちゃんは、焼け跡のまだ暑い中を、夢中で探しました。

ようやくガラクタの中に、黒こげの、お父さんお母さんを見つけました。三人は泣きながら、壊れた鍋を拾い、骨を集めました。なんと悲しいことでしょうか。

「お父さんお母さんお腹空いたとよ」「何か食べたか、水ほしか」

子供が泣いています。残った人々は、肩を寄せ助け合いながら、一夜を明かしました。

朝方、作姉やは、風雨にさらされながらも、強くけなげに咲く、たんぽぽの花の夢を見ていました。一面に咲くたんぽぽは、うっとりする美しさの中で、見事に勇ましく堂々と咲いています。

夢を見ながら、赤ちゃんの泣き声で、我に返りました。

夕方、お兄ちゃんが、助けに来てくれました。お兄ちゃんは、みそを水でとき、カンパンを入れ軟らかくして、食べさせてくれました。大学で医者になる仕事をしています。作江ちゃんの大好きなたんぽぽの花を沢山取ってきてくれました。

「おいしかね！　おいしかね!!　お兄ちゃん」

四人は、大喜びで食べました。兄は傷もなく元気だったのに、三日後の夕方、〝コロリ〟と亡くなってしまいました。

作江ちゃんは、あまりの悲しさに、泣くのも忘れて、花と勇をだきしめました。

兄の親友と結婚して、戦後を生き抜きましたが、妹は自死、勇も天国に。お乳不足でした。悲しみを胸に秘めて、たんぽぽのお花のように強くたくましく、作江ちゃんは、原爆病と戦いながら〝世界平和〟を訴え続けています。

あとがき（子供の成長）

ご多忙の中、拙き平和の本を読んでいただき、心から御礼申し上げます。

拙いのですが、私共には大切な「戦争と平和」の本で上出来？　と思いつつ……。

上出来でなくとも、書き残す必要がありました。それは私が「平和活動」出来ない時のためと、多くの子供に読んで欲しいからです。

「すいとんの会」で、「戦争反対・平和が大切」を学び、子供達は成長しました。

おりづる観音様建立より、努力をし頑張っていれば必ず良き指導者や、支援者に恵まれ助けられ、「希望」は叶う事を学びました。

おりづる観音様は〝鳳凰・火の鳥〟に変身して、地球の子供達を助け、希望を与える、「平和の使者」だったのです!!　それは戦争で天国に散った、世界中の子供達からの使者でした。

最後にこの宇宙からあらゆる戦争が消え、恒久平和がやって来ることを願いつつ、ご協力下さいました多くの方々に厚く御礼申し上げます。特に次女、悠には感謝致します。

令和五年六月吉日

著者プロフィール

時の宮 斉る実（ときのみや なるみ）

昭和16年生まれ。

長野県松川町出身、愛知県在住。

複数の専門学校を卒業後、数種の免許を取得。関西外語大学中退。

赤十字病院、慶應義塾大学病院、その他複数の病院に勤務。

結婚後、箏曲三弦講師を30年、学習指導を40年務める。

平和への祈りを込めた作文書籍『宇宙平和賞』第1～3部を計1500部制作。すいとんの会設立。おりづる観音建立。学校の平和教育に35年。「すいとんの日」制定。平和図書の寄贈（学校へ）。ボランティア活動45年目。

〈著書〉

『ぱ～ま～の宝箱』2020年、文芸社
平和の絵本童話（15作品）

本文イラスト／手塚けんじ

強国よ鳳凰観音となりて 今こそ地球の救世主たれ

2024年 2 月15日　初版第 1 刷発行

著　者　時の宮 斉る実
発行者　瓜谷 綱延
発行所　株式会社文芸社
〒160-0022 東京都新宿区新宿1－10－1
電話 03-5369-3060（代表）
03-5369-2299（販売）

印刷所　図書印刷株式会社

ISBN978-4-286-23993-4